LA

CAMARADERIE

PETITS

COUPS DE BÉQUILLE

D'UN BONHOMME.

PARIS

CHEZ TOUS LES MARCHANDS DE NOUVEAUTÉS.

MCCCXXXIX.

LA
CAMARADERIE

PETITS

COUPS DE BÉQUILLE

D'UN BONHOMME.

PARIS

CHEZ TOUS LES MARCHANDS DE NOUVEAUTÉS.

MDCCCXXIV.

Imprimerie de Ducessois,

Quai des Augustins, 55.

Toute petite Préface

Une toute petite préface pour un tout petit opuscule.

N'est-ce pas à moi chétif, qui fais mon entrée dans le monde littéraire, une hardiesse grande, que d'attaquer un énorme colosse tel que la Camaraderie ! Quand on partagerait mon opinion, qui serait tenté de m'absoudre, vu la nombreuse clientelle prête à prendre les armes ! Le courroux du ciel n'est pas plus à craindre que celui d'une coterie, avec cette différence, que le ciel pardonne quelquefois, et les hommes, jamais. Heureux voile de l'anonyme, permettez-moi de tout voir, de tout entendre, sans être reconnu.

Ce n'est point une satire que j'écris : il n'y eut

jamais de fiel dans mon cœur, de méchanceté dans
mon esprit; je me borne à signaler des écueils. Oh!
si ma faible voix pouvait être entendue! tout le
monde y gagnerait: le public, de meilleurs ouvra-
ges; leurs auteurs, des succès plus légitimes. S'il en
coûtait un plus long travail, il en résulterait une
gloire plus durable. La compensation est-elle assez
forte pour tous les génies supérieurs? Espérons.

CAMARADERIE

...... Prose et vers, tout nous sera soumis :
Nul n'aura de l'esprit, hors nous et nos amis.

(*Femmes Savantes.*)

La camaraderie est une étrange chose !
C'est comme qui dirait une métamorphose.
Elle souffle le chaud et le froid : bien souvent,
D'un savant fait un sot, d'un sot fait un savant.
A juger d'après elle on risque d'être dupe.
La camaraderie en toge, en casque, en jupe,
A pour but avoué de trouver bel et bon,
Mais très-bon et très-beau... ce que les amis font.
De là vient qu'à foison nous avons des grands hommes,
Et des livres fameux... pour les temps où nous sommes.

Sa résidence était dans les murs de Paris :
Elle y compte toujours ses plus chers favoris.
Mais au loin ont poussé des rejetons sans nombre
De la plante vivace. Il fait beau sous cette ombre

Là, quelques étourdis, en leur étroit cerveau,
Pensent avec du vieux nous donner du nouveau.

Ils veulent, avant tout, les honneurs et les places.
Pauvres petits! osant affronter les disgrâces :
Avides de jouir du moment qui s'enfuit,
De saisir la fortune alors qu'elle sourit :
Se mettant à genoux pour fêter la richesse,
Et, pour la conserver, comptant sur leur bassesse.

Dans ce portrait, exempt d'amertume et de fiel,
Auriez-vous, par hasard, reconnu monsieur tel?
Tant pis pour lui, ma foi, si, sans que je le nomme,
Chacun s'écrie, et dit : « Ah! le voilà, c'est l'homme! »
Est-ce ma faute, à moi, si l'opprobre et l'affront
D'ineffaçables traits ont sillonné son front!
Et si les mauvais plis dont il s'échappe à peine,
Dans son habit doré le tiennent à la gêne!

A la cour introduits et soufferts par besoin,
Ils osent dire au flot : « Tu n'iras pas plus loin! »
Sans s'arrêter, le flot suit sa route ordinaire,
Et répond : « Orgueilleux! regardez en arrière. »
Fripons, on vous verra tomber de ce haut rang,
Où, vous n'êtes montés, disons vrai, qu'en rampant;
Et rentrés dans la boue où vous prîtes naissance,
Vous paierez le loyer de vos airs d'insolence.
C'est au bruit des sifflets, de toutes parts hurlants,
Qu'on verra se cacher ce ramas d'intrigants.

Je me suis écarté du monde littéraire;
J'y reviens. Loin de moi, politique éphémère!

Où tout est si petit, si petit, que des nains,
Aux yeux louches, montés sur de faibles patins,
Par l'effet merveilleux d'une sonore phrase,
De l'État ébranlé pensent rasseoir la base.
La phrase a fait son temps : on honnit les phraseurs.
L'art de tout embrouiller est celui des rhéteurs.

Parlons donc vers et prose. Ici, Dieux, quel mélange !
On ne trouve un peu d'or qu'avec beaucoup de fange.
On insulte à Racine ; on dit gloire à Brébœuf !
Et c'est avec du vieux qu'on nous refait du neuf.
Parny ne se lit plus. mais bien Joseph Delorme.
Le beau ! le vrai ! vieux mots ; admirez le difforme !

Au train dont nous voyons tous ces démolisseurs
Dénaturer la langue et corrompre les mœurs,
On peut leur présager pareille catastrophe,
Et le prochain décri de leur sauvage étoffe.
« Juste et fâcheux retour des choses d'ici-bas ! »
D'un vertige effréné l'esprit est bientôt las.
Qu'on prenne pour modèle ou la pourpre ou la bure,
On ne peut être beau qu'en peignant la nature,
Telle qu'elle doit plaire aux regards enchantés.
Honte à qui vient l'offrir dans ses difformités !
Un siècle décrépit s'endort dans le malaise :
Il s'éveille en sursaut et siffle la fadaise.

En attendant, voici de toutes parts des cris
Bien sinistres !.. « La guerre ! oui, la guerre à Paris !
Qui se croit le flambeau de toute intelligence
Et rêve à ses plaisirs, pendant qu'ailleurs on pense.

Qui peut aimer Paris?... Mais le département!
Lui seul est vraiment beau, lui seul est vraiment grand.
Oui, décentralisons... oui, que Paris en grince!
Paris n'est que Paris, la province est province.
Il fait jour parmi nous tout aussi bien qu'ailleurs :
Et même nous avons le nombre en fait d'auteurs!
C'est quelque chose. Oyez poëtes, géologues,
Historiens, savants, peintres, archéologues,
Musiciens enfin : nous n'avons qu'à choisir :
Les fruits et les talents, chez nous, savent mûrir!

Quelle arène, grand Dieu! quel bruit! quelle cohue!
Tous parlent à la fois; l'un sur l'autre on se rue;
A l'âge où l'on apprend, chacun veut enseigner.
Par le geste et la voix il est beau de régner!
Oui, dans peu, le clocher du plus humble village
Couvrira de son ombre un docte aréopage.

Malgré ces fiers dédains, ces superbes mépris,
Paris, centre des arts, sera toujours Paris.
Ses vices sont couverts d'une aimable surface,
On y parle français, on l'écrit avec grâce.
Tant que l'œil et le cœur, l'oreille et le cerveau,
Seront saisis du grand, seront touchés du beau,
Paris sera des arts la noble métropole :
C'est là qu'on accourra de l'un et l'autre pôle.

Centralisons, morbleu! c'est d'un vaste foyer
Que l'on voit la lumière aux yeux se déployer :
Divisée en rayons elle nous paraît blême.
Du flambeau des beaux-arts il en serait de même.

Quand le poëte auteur à Bordeaux s'inspirait,
Rome, dans le tombeau, lentement descendait :
Et de tant d'écrivains, surgis à cette époque,
Nul n'est resté debout et de tous on se moque.
Triste pressentiment pour ce tas de papiers
Qui n'ont de cours certain que chez les épiciers !

Et qui rend à Paris cet hommage sincère ?
Du centre de la France un pauvre solitaire,
Qui, sans ambition, parle et pense tout haut,
Exempt de préjugés, ayant plus d'un défaut,
Mais jugeant sans aigreur et surtout sans envie,
Les lettres et les arts, ces beaux fruits du génie.

ÉPILOGUE

Quel siècle! quelles mœurs! en toges, casques, jupes,
L'intrigue et ses détours, des fripons et des dupes.
Ici, l'hypocrisie étalant ses noirceurs;
Là, le vil égoïsme endurcissant les cœurs:
Le cachet de l'opprobre au front de l'opulence,
La bassesse et l'orgueil; le luxe et l'indigence;
Le flatteur en crédit, la patrie à l'encan;
Pour règle l'intérêt, et pour Dieu le néant.
Des nains avec l'habit et le fer des Molosses
Des atômes rampants qui se croient des colosses;
Eh! quoi, montés si haut et descendus si bas!
On le voit... et l'on feint de ne le croire pas.
Pourquoi s'en étonner! ce qui s'élève, tombe.
Le sort nous pousse au trône et nous jette en la tombe.
Tel est l'ordre constant de ce triste univers:
Un jour la liberté... puis l'opprobre et les fers.

Quatre âges différents ont passé sur la terre.
Le premier, âge d'or, étranger à la guerre,
Vit les heureux humains, sans prêtres et sans lois,
Se vêtir, se nourrir des dépouilles des bois.
Le lait, en longs ruisseaux, serpentait dans les plaines.

Le doux miel, à flots d'or, tombait du haut des chênes.
Charmantes fictions, pour peindre le bonheur
Que goûtait l'homme libre, en paix avec son cœur.

L'âge d'argent déchut. Et bientôt, sous les huttes,
Se glissa la discorde, entrèrent les disputes.
On vivait cependant! lorsque l'âge d'airain
Accourut, un poignard et le sceptre à la main.
Les lois vinrent alors rétablir l'équilibre;
Pour devenir meilleur , on cessa d'être libre.

Enfin, l'âge de fer, cet âge criminel,
Ensanglanta la terre au nom de l'Éternel.
Alors des passions l'effroyable licence
Mit forfait sur forfait, vengeance sur vengeance,
Alors furent rompus les doux liens du sang.
Le faible fût esclave et le maître, un tyran.
Sommes-nous revenus de cette erreur grossière
Qui, sous le nom de rang, élève une barrière
Entre des êtres nés d'un semblable limon ?
De nos vieux préjugés loin de faire raison ,
On jette à contre-sens la louange et le blâme;
Le riche a les vertus, l'indigent est infâme.
O honte! de nos jours la populace encor,
Comme au temps d'Israël, encense le veau d'or.
Tant la superstition, les erreurs et la crainte
De leurs indignes fers ont su river l'étreinte.

Un Camarade à un Académicien.

Nos romans sont sans goût, et nos vers sans esprit.
Pourtant nous prospérons, et cela vous étonne :
Apprenez le secret; en vain l'on en médit,
    La camaraderie est bonne,
    Puisqu'elle nous vaut du crédit.

———

Médiocre et rampant, et l'on arrive à tout,
Disait modestement le Barbier de Séville:
    De nos jours c'est un autre style ;
    L'insolence est d'un meilleur goût.

———

    La gloire est chose trop frivole
    Pour les hommes du positif.
    Hors l'argent, tout est négatif;

L'honneur n'est qu'une faribole ,
Et c'est en comptant son tarif ,
Que tout industriel s'estime et se console.

—

Industriel et fat ! aujourd'hui même chose ;
Il succède à l'homme de cour.
Seulement il est un peu lourd :
La chenille est encore à sa métamorphose.

—

De nos jours, le champ littéraire
Est exploité dans tous les sens ,
Aussi bien que par toutes gens.
Une remarque bonne à faire ,
C'est que, pour les goûts dominants ,
Les produits sont indifférents ,
Que le goujat ou l'habile homme opère.

—

Jadis, la médiocrité
Se montrait modeste et timide ;
Aujourd'hui, c'est un autre guide :
Elle a pris des airs de fierté.
Rien ne lui sied comme l'audace ,
Mais à travers ce ton hautain ,
On distingue aisément un nain ,
Qui , sans nul motif, se prélasse.

—

Il faut de nouveaux goûts à des hommes nouveaux.
Pour les pauvres, jadis, on demandait l'aumône,
Aujourd'hui, quand la quête est bonne,
C'est pour les chemins vicinaux.

Quand pour un chemin vicinal,
On cherche à rétablir l'antique droit d'aubaine,
Pourquoi vous récrier jusques à perdre haleine,
Méchants!... Est-on pour rien le moderne Annibal?

———

Quand un prince se voit entouré de flatteurs
Qui furent les flatteurs de plus d'un autre prince,
    Combien sa foi doit être mince
    En leurs serments adulateurs !

———

Le méchant qu'on achète à beaux deniers comptants,
    A tout autre est prêt à se vendre.
    Ne pensez donc pas le surprendre ;
Il se met à l'enchère, et tombe au plus offrant.

———

Quand deux fripons se trouvent vis-à-vis:
L'un qui se vend, et l'autre qui l'achète ;
    Au dénouement de ce trafic honnête,
    Qui des deux est le plus surpris?
    Qui des deux a le droit de lancer le mépris?

———

On disait autrefois, l'utile est dédaigné;
    Le goût est tout pour la folie.
Que nous sommes mûris! Quel terrain l'industrie
    N'a-t-elle pas enfin gagné?

———

Chemins de fer, canaux, asiles du mystère,
Oh! qui pénétrera dans votre profondeur?
    Ce n'est point là qu'habite la pudeur,
Mais plus d'un intrigant qui cherche à se refaire.

Ce qu'on a perdu sur la houille,
On le trouve au chemin de fer;
Et c'est partout, avec un train d'enfer,
Que des forbans avance la patrouille.

———

Tout s'exploite par entreprise,
A la ville, à la cour, au théâtre, au barreau,
Et même (c'est là le plus beau,
Que Dieu me pardonne!) à l'église.

———

Du chemin de fer à la houille,
Il n'est qu'un pas; voici comment :
Le premier vous prend votre argent,
Et la seconde vous dépouille.

———

Asphalte, bitume, arsenic,
Heureux le sol qui vous recèle !
Il couve un trésor sous son aile !
Le découvrir, c'est là *le hic*.

———

Grâce à la camaraderie,
Le talent ainsi que l'esprit
Sont tombés en plein discrédit :
Le goût, la raison, c'est folie.
Pour produire l'on s'associe ;
Puis, avec un peu d'industrie,
On se procure des lecteurs :
Et l'or vous acquiert des prôneurs
Qui proclament votre génie.

Sur le fronton d'un temple aux beaux-arts consacré,
Brillant colifichet, moiré, nacré, doré,
Quelle main téméraire écrivit : RENAISSANCE !
Mais parlez donc français ! et dites : DÉCADENCE.

FIN.

Imprimerie de Ducessois, quai des Augustins, 55,